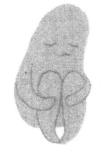

Para mi madre y para Mauri

Puedes consultar nuestro catálogo en www.picarona.net

Tristeza. Manual de usuario
Texto: *Eva Eland*
Ilustraciones: *Eva Eland*

1.ª edición: octubre de 2018
2.ª edición: noviembre de 2019

Título original: *Sadness: A User Manual*

Traducción: *Verónica Taranilla*
Maquetación: *Montse Martín*
Corrección: *Sara Moreno*

© 2018, Eva Eland
Primera edición publicada por Andersen Press Ltd., U.K.
(Reservados todos los derechos)
© 2018, Ediciones Obelisco, S. L.
www.edicionesobelisco.com
(Reservados los derechos para la lengua española)

Edita: Picarona, sello infantil de Ediciones Obelisco, S. L.
Collita, 23-25. Pol. Ind. Molí de la Bastida
08191 Rubí - Barcelona
Tel. 93 309 85 25 - Fax 93 309 85 23
E-mail: picarona@picarona.net

ISBN: 978-84-9145-190-7
Depósito Legal: B-17.553-2018

Printed in China

Eva Eland

TRISTEZA
MANUAL DE USUARIO

 Picarona

A veces la tristeza
llega inesperadamente.

Te sigue dondequiera que vayas...

Y se sienta
tan cerca de ti
que no te deja
respirar.

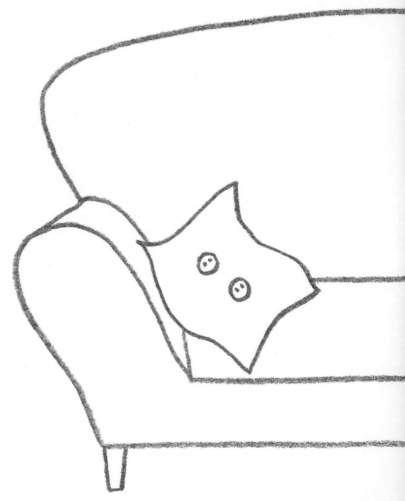

Puedes intentar esconderla.

Pero es como si tú mismo
te hubieses convertido en la tristeza.

Intenta no tener miedo
de la tristeza:
dale un nombre.

Hola

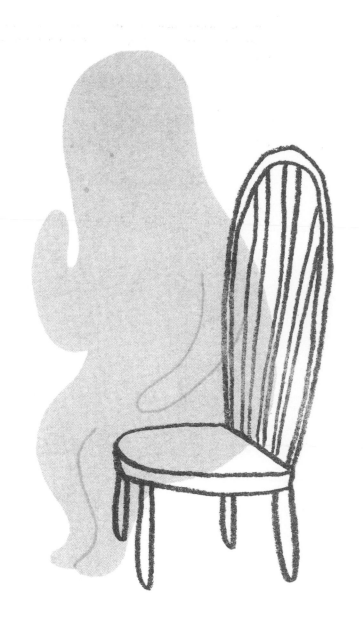

Escúchala. Pregúntale de dónde viene
y qué es lo que necesita.

Si no os comprendéis,
sentaos juntos y estad quietos
durante un rato.

Encontrad algo de lo que ambos podáis disfrutar, como dibujar...

Escuchar música...

O tomar chocolate
caliente.

A la tristeza no le gusta
estar siempre
en el interior.

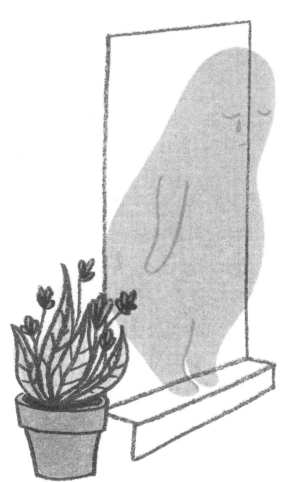

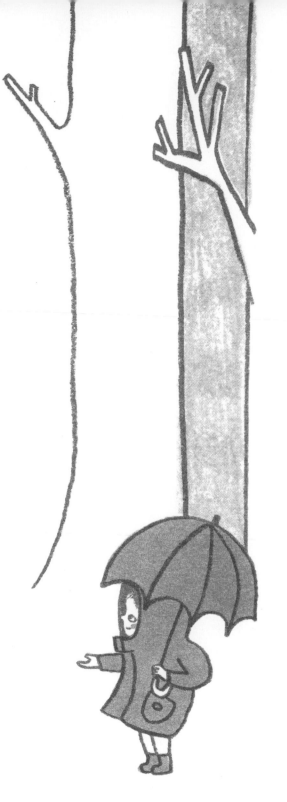

Trata de dejarla salir.

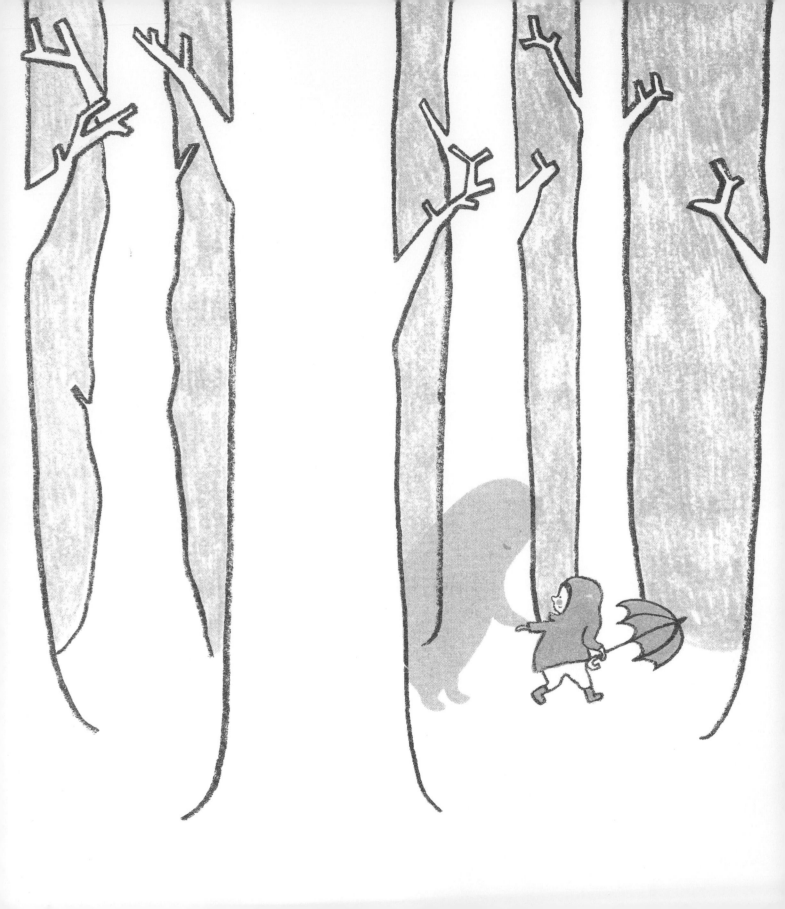

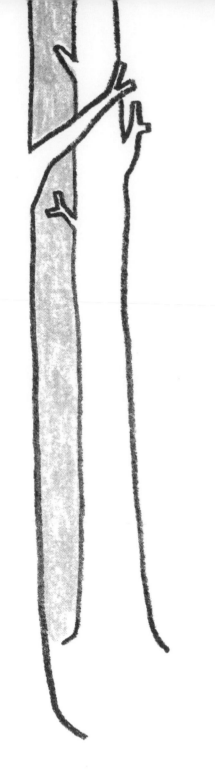

Dad un paseo
entre los árboles.

Cuanto más largo, mejor.

Quizá lo único que necesita saber
es que es bienvenida.

Y dormir junto
a un amigo.

Cuando te levantes,
no te preocupes si se ha ido.

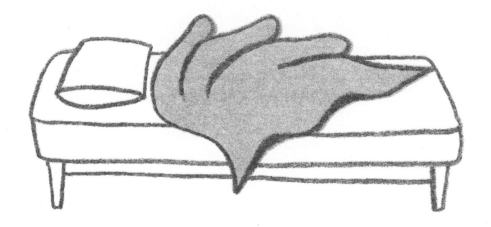

Comenzará un nuevo día para ambos.